님께

우리동네사람들 시인선 · 006

붉은 지붕

강한석 시집

2017년 10월 20일 인쇄
2017년 10월 26일 발행

지은이 강한석
펴낸이 한민규
펴낸곳 우리동네사람들
등록번호 제 2000-000002 호
주소 경기도 오산시 성호대로 89번길, 206호
전화 1577-5433
메일 woori1577@hanmail.net
홈페이지 woori1577.com

ISBN 979-11-958623-9-9

이 도서의 국립중앙도서관 출판예정도서목록(CIP)은 서지정보유통지원시스템 홈페이지
(http://seoji.nl.go.kr)와 국가자료공동목록시스템(http://www.nl.go.kr/kolisnet)에서 이용
하실 수 있습니다.(CIP제어번호: CIP2017027127)

우리동네사람들 시인선 · 006

붉은 지붕

강한석 시집

우리동네사람들

붉은 지붕

| 강한석 시집 |

우리동네사람들

가을날의 노래

모래성

겨울 나그네

발문

강한석 展

서문

시인의 말

끝없는 구도자의 여정

조석구(문학평론가 · 문학박사)

　강한석 시인은 예향 마산 출생이다. 강 시인이 오산에 정착한 지도 강산이 세 번 변하고도 다섯 해가 되는 35년이다. 이제 오산은 그의 제2의 고향이다.

　그는 월간 『문예사조』로 등단하여 시집 『겨울에 피는 꽃』, 『영혼의 불을 켜고』, 『향수의 바다 밤마다 켜는 등대』, 『차꽃 피는 아침』, 『푸른 별을 향하여』를 출간하였다.

　강한석 시인은 오산대학교 법인 사무국 사무국장으로 정년 퇴직하고 제2의 인생을 개척하고 있다. 나는 그의 풍성진 삶을 늘 부러워하고 있다. 그는 다재다능한 팔방미인 예술인이다. 특히 음악에 조예가 깊다. 그의 아들은 클라리넷, 큰 딸은 피아노, 작은 딸은 바이올린, 그의 아내는 첼로, 그는 플루트를 연주하는 음악 가족이다. 가족 음악 앙상블을 여러 번 공연한 기록을 갖고 있다.

그는 또 서양화를 열심히 공부하여 개인전을 수차례 개최하였으며 경기미술대전 특선의 영예를 안기도 하였다.

나는 활화산처럼 타오르는 그의 뜨거운 열정에 박수를 보내곤 하였다. 논어 태백 제8장에 흥어시興於詩 – 사람은 시에서 감흥을 얻고, 입어예立於禮 – 예에서 인격을 갖추며, 성어락成於樂 – 음악에서 인생이 완성된다고 하였다.

소동파는 시중유화詩中有畵 – 시 속에 그림이 있고, 화중유시畵中有詩 – 그림 속에 시가 있다고 하였다. 시와 음악과 미술은 한 뿌리에서 탄생하였음을 알려준다.

그는 착실한 그리스천이다. 교회에서 장로라는 중책을 맡고 있다.

어찌 그뿐인가. 또 그는 오산 문화예술인의 총사령관 오산 예총 회장을 맡고 있는 1인 3역의 슈퍼맨이다.

이번에 그는 여섯 번째 시집『붉은 지붕』을 상재한다.

작품을 통독하고 ①두고 온 고향의 상실인식, ②기독 사상의 시적 원천, ③음악을 통한 자아 성찰, ④영원을 향한 시적 메시지를 읽을 수 있었다.

붉은 지붕이 정직하게 서 있고
작은 마당에 목련 나무가
담장 너머 어깨를 내리고 있다

봄이면 피었다가 겨울이면 쉬는 나무
진실하게 서 있다

따뜻한 바람, 검소한 햇볕이
반쯤 보이는 집안에 머물고 있다

맑은 빨래가 파아란 하늘로 숨을 쉬고
두레상에 수저는 건반 악기처럼 단정하다

작은 소리로 많은 얘기하는
색깔 모여 그림을 그리고 있다

붉은 지붕 바라보며
구름도 멈춰 섰다 간다

이제 교회를 가기 위해
새옷을 갈아 입고
햇볕 가득한 문을 나설 것이다
                                – 「붉은 지붕」전문

인용된 시는 잘 빠진 작품이다. 이만큼 시를 읽어 짜려면 수많은 수련과정을 거쳐야 한다. 붉은 색의 이미지는 용기와 도전, 아픔과 환희를 함께 하고 있다. 지붕은 꼭대기로 하강 이미지가 아니고 상승이미지다. 이 한 편의 시 속에 그의 인생 전부가 담겨 있다. 시가 있고, 음악이 있고, 그림이 있고, 신앙이 있다. 봄의 전령사 목련, 싱그러운 햇살, 깨끗한 빨래, 모여 있는 불빛 두레상이 있다.

구름도 멈췄다 가는 붉은 지붕의 집은 그의 길이며 꿈이며 이상이며 구도자의 길이다. 이 한 편의 시가 우리 모두를 행복하게 한다.

햇볕 따뜻한 봄날 목욕재계하고 새 옷으로 갈아입고 하느님 말씀을 듣고자 교회에 가려고 문을 나선다. 이 얼마나 행복한 일인가.

인간은 불멸의 정신을 소유한 유한한 존재이다. 그러므로 인간은 고뇌와 환희를 함께 받아들이도록 태어났다. 그러나 그 많은 사람들 가운데 몇몇 사람만 이 고뇌를 통해 환희에까지 도달할 수 있다. 환희의 길은 아득한 성자가 되기 위한 순례자의 길이기 때문이다.

버드란드 러셀은 말했다. 이 세상에서 가장 행복한

사람은 자기가 하고 싶은 일을 하는 사람이다 라고.

시인은 언어의 감옥에 유폐된 이단자로 방황과 탐색, 끝없는 여정의 길을 하염없이 가야 한다. 시는 목숨에 대한 반성문이고, 한 시대의 파수꾼이며 인간의 고양된 정신으로 현현되는 것이기 때문이다.

이 글의 성격상 여기쯤서 접어야 한다.

강한석 시인의 시는 조용하고 차분하다. 고고와 관조를 향해 침잠하고 있다. 행간이 깊고 넓어 단단한 내공과 철학적 잠언은 독자의 마음에 잔잔한 여운을 남긴다.

그의 나이도 이제 종심從心의 고개를 훌쩍 넘어섰다.

시집 『붉은 지붕』출간을 진심으로 축하하고 수산壽山 복해福海를 기원드린다.

사는 이유

깊어가는 가을밤입니다
여섯 번째 시집을 내면서 젊었던 날 읽었던
짧은 글에 긴 이야기를 담아 봅니다

'나로 하여금 살게하는 세 가지가 있다
그것은 은사 쇼펜하우엘의 철학과
슈만의 음악과 나의 고독한 산책이다'

— 니체 「비극의 탄생」중에서

옛집에서

야상곡

숲속으로 난 길 별이 내리고
천천히 두 사람 걸어가고 있다

저 장미꽃 위에 이슬이 내리고
순한 바람으로 포도주는 익어 가고 있다

먼 마을의 축제가 열린다
빛으로 일어서는 축복의 소리 들린다

불빛의 낮은 목소리는
맑은 기름으로 타고 있다

외롭고 거룩한 영혼의 샘물 고여
두 손으로 마시면 떨며 꽃이 된다

어둠 속에 밝아지는 마음
사랑을 배우고 있다

붉은 지붕

붉은 지붕이 정직하게 서 있고
작은 마당에 목련 나무가
담장 너머 어깨를 내리고 있다

봄이면 피었다가 겨울이면 쉬는 나무
진실하게 서 있다

따뜻한 바람 검소한 햇볕이
반쯤 보이는 집안에 머물고 있다

맑은 빨래가 파아란 하늘로 숨을 쉬고
두레상에 수저는 건반 악기처럼 단정하다

작은 소리로 많은 얘기하는
색깔 모여 그림을 그리고 있다

붉은 지붕 바라보며
구름도 멈춰 섰다 간다

이제 교회를 가기 위해
새 옷을 갈아입고
햇볕 가득한 문을 나설 것이다

시월의 어느 날

시월의 어느 날이었으면 좋겠다

때 묻고 정든 옷 내려놓고
투명한 하늘 옷 갈아입는 날

산국화 만지던 바람 불어와
먼 산 나뭇잎 하나 소리 없이 떨어지고

땅은 가슴 깊어 가고
색깔 모두 모여 온 산이 붉은 날
미움이 가장 작게 보이는 날
그런 날이었으면 좋겠다

가진 것 하나하나 놓으면
빈손에 감사가 가득하고
잡은 손 놓고 고운 노래 불러
손수건을 흔드는 날

하나의 밀알로 떨어져
가지가 뻗고
열매, 열매 맺어
다시 밀알로 돌아가는 날

시월의 어느 날
하늘이 푸르러 이별하기 좋은 날
하늘이 높아서 떠나기 좋은 날
그런 날이었으면 좋겠다

3학년 1반

추산 공원 가교사 창문 너머
출렁이는 아침의 앞바다

깨어진 햇볕 조각들이
찬란하게 아우성을 치고
꿈의 노래는 은비늘처럼
뛰고 있었다

전쟁은 이 땅 위에
철기 시대를 불러오고
하늬바람이 판자벽을 스치고
먼지는 홑바지에 분분하여도
종소리는 정각을 울리고 있었다

꽃씨는 눈을 틔우고
쑥부쟁이 질경이는 단단한 이 땅을
더욱 부여잡고 있었다

이제 옛 공원은 지번만을 지키고
아파트먼트는 탑을 쌓는데

산업 폐수로
앞바다는 더욱 검어지고 있다

이름마저 잊은 세월은 다시 잡을 수 없는 하얀 손이다
옛터에
어느 화백의 조각 공원은
등 푸른 동산을 꿈꾸고 있는데

옛적 친구들은
민들레 씨앗처럼 흩으져
그때의 우리만 한 손주들을 보고
속절없이 늙어가고 있다

옛집에서

젊었던 날 떠났던 자리
산동네 옛집

이제와 찾으니 작은 모습 그대로 앉아 있다
빛바랜 세월 홀로 맞고 있다

눈물 많은 갈대가
바람을 맞이하던 곳

찾고 찾으려다
기진한 모습으로 돌아 오던 곳

가난한 겨울이 오면.
스미는 적막을 문틈으로 막고
앞마당 수수 장다리꽃을 기다리던 곳

이제
모두 떠나고 모두 잠들었는데

그리움의 창가에서
유성처럼 흘러간 별 그림자 바라본다

산다는 것 별거 아니라고
바람처럼 모두 가는 거라고

꽃잎 하나하나 떨어지는
무연한 산 동네를 바라보며
이 가을을 보내고 있다

겨울 밤비

때아닌 겨울비가
긴 밤을 내린다

외등은 길목을 홀로 지키고
밤비 맞은 외로움은 불을 밝힌다

바람처럼 멀어져 간 사연들은
밤길 찾아와 문을 두드리고

긴 밤 맑은 가슴 마주하면
아꼈던 사랑의 말 입술을 연다

흔들리며 불던 세월이
눈물 없이 고요할 수 있었던가

눈이 비가 되어 언 땅을 적시면
외롭고 추운 강이 흐르고
추울수록 더욱 깊어진다

밤의 문이 열린다
더운 찻 잔을 채우며
맑은 귀로 그리운 음성을 듣고 있다

고향 친구

고향 가면 만나는 친구
개량 한복을 넉넉하게 입고 있다

마른안주를 씹으며
종이컵을 내민다

세상은 바람 불고 외로워도
정은 깊고 진실하다

했던 이야기 열 번을 더해도
숙성된 항아리는 깊다

성당 머리 위로 불던 12월의 바람이
다시 불어온다
달빛 환하게 내리는 골목길을
걸어간다

앞바다의 고깃배는 끊어지고
네거리의 아름다운 사람들은
어디로 가버렸다
성근 하늘에 옛 노래를 띄우며
함께 깊어간다

고향 가면 만나는 친구
언제 다시 올 거냐고
나이 많은 나무처럼 기다리고 있다

접착제

언젠가 깨어진 너와 나의 마음
소리를 내며 십 리를 간다
그러나 같은 고향을 사랑하며
일찍 찾아오는 밤을 맞이하고 있다

어디 두었나
질 좋은 접착제 하나
종일 여기저기 찾는다

조각난 자기磁器도 살결 곱게 살아나고
만월의 밤이 찾아온다
떨어진 아픔 만져 혈맥이 흐르고
조각조각 모아 떠나온 집으로 돌아간다

무거운 빗장을 풀고
어둠을 몰아내며
서로의 자리를 바꾸어 앉는다
정겹게 비가 내리고
발아하는 새싹을 본다

화평케 하는 자는 하나님의
아들이니라

내 일생 걷고 걸어
도착하는 작은 집이다

헤어지며

시외버스 터미널.
다시 보자
정 하나 떼어 놓고 간다

값싼 여관방의 겨울잠
추위에 갇힌 대합실의 얼룩들
두고 간다

늙은 친구의 손을 잡고
어쩌다 여기까지 왔느냐고
서로의 아픈 데를 물어보고
다시 만나자고 희미하게 웃는다

아름다웠던 시절 그 모습 찾아
사막길에 뜬 달을 바라본다

봄밤의 꿈은 무엇이었으며
가을날의 감사는 무엇이었던가

이쁜이도 금순이도 떠나가 버린 정류장에
우리 모두 잠시 머물다 간다
들었던 정 달래 두고 간다

이순

바람에 꽃이 지면
알알이 열매는 속 깊은 이야기로
남아있다

생명의 불씨는 황홀하게 떨리고
알 수 없는 그리움으로 세상은 고요한데

미움도 겸허하게 받고
기쁨은 크게 받아

먼 곳의 벌레 소리도 가슴으로 듣고
홀로 밤마다 별빛을 줍는다

바람에 꽃이 지면
땅으로 돌아가는 꽃의 소리를
조용히 듣고 있다

세월아 말해다오
바위 같은 가슴을 두드려도
소리 없이 미소 짓든 그 대답을
이제 순한 귀로 듣고 있다

밤차

고향 역전에 내리던 눈이
한 걸음 앞서가고
밤은 길게 누워 있다

차창은 밤바다
심해에 눈은 속절없이 내리고
모퉁이마다 기적은 멀다

다음에 보자
우리가 얼마나 더 볼 수 있을까
빠진 이처럼
먼저 간 친구들을 생각하고
옛사랑의 필름을 돌린다

슬프지도 않은 눈물이
미열로 적시고
눈은 풍성하게 내린다

통속적인 옷을 입고
흘러간 옛 노래도 불러 본다

어렵게 살지 말자
우리 모두는 분명 나그네

등불도 유정하게 멀리서
찾아오는데
산다는 게 기쁜 일이다
참으로 기쁜 일이다

고향

산은 바다를 바라보고

무학산 자락 자락
짙푸른 나무들은 이슬을 먹고
온몸 푸른 소리로 종일 웃는 날

서원골 골짜기마다
진동하는 물빛 향기
빛나는 기쁨으로 흘러내린다

마을 마을을 돌고 돌아
웃음꽃 눈물꽃 씻으며
큰 소리도 유순해지고
세상은 다 그런 거라고
앞치마처럼 담아간다

뒷문 실개천은
돌돌돌 먼 길을 걸어 바다로 간다
긴 얘기 이어 이어 간다

앞바다
호수 같은 바다에 모여
하늘빛으로 빛나며 꿈을 꾼다

옛 시인은 아직도 이랑을 일구고
해변가 찻집은 재스민 향기를
앞에 앉아 있는 섬들에게
엽서를 보낸다
창동 소극장엔 가곡 부르기가
오렌지 나무를 익히고 있다
축일의 꽃등은
오월의 배꽃처럼 열려있다

산과 바다가 마주 보며
지구의 소리를 들으며
꿈을 도모하고 있다
사람들은 푸른 사과를 씹으며
정물이 되기 위해
자리를 찾아가고 있다

아득한 유년의
아기 진달래가 꽃 피던
멀고 먼 고향
이제 세월을 헤며
흰 구름은 남쪽으로 흘러가고 있다

고추를 말리며

해 멍석에 고추를 말린다

몇 번 뒤척이다
이내 조용히 하늘을 바라본다

햇살을 먹고 살아오다
이제 햇살을 먹고 마른 길을 찾아간다

한 생애의 가을이 오고
일렁이는 바람이 잔잔해진다

내 속에 작은 집을 지으면
사랑과 미움이 손잡고 마주한다

버리고도 넉넉한 가슴으로
이별도 쉽게 할 수 있다

마음만 간다

고향 역전에 내리면
봄바람이 불어왔다
모두 다 아는 사람 봄꽃이 피었다

이제 세월은 육신에 무게를 내리고
낯선 얼굴들만 늘어 간다

마음만 간다
마음은 구름처럼 흘러간다

바람 불어 키가 자라고
봄볕에 풋열매가 익어 가는
따듯한 샘물 고이는 마을
눈을 감고도 찾아간다

일탈의 늪 위에 연꽃이 피고
죄가 검은 모습이 아니던
투명한 날들은 갔다

냇가에 하나씩 띄워 보낸
사연들은
어느 바다로 갔을까

남쪽에서 손 흔드는
바람이 불어온다

마음은 봄이다
민들레 홀씨 되어 날아간다

그 겨울의 찻집

외진 거리에 사나운 바람이 불고
겨울 저녁 창밖에 눈이 내리면
오며 가며 어디선가 만날 것 같은 설렘으로
찻집의 문을 열었다

갈색 향기의 노래가 들리고
정다운 시화전이 열렸다

시와 사랑이 마른 잎처럼 걸렸는데
목마를 타고
이름 모를 낭만을 위하여
아름다운 방황을 하였다

더운 눈물을 안고
겨울을 찾아온 사랑을 만나며,
춥고 긴 밤
은혜롭게 빛나는 불씨를
모으기도 하였다

눈 맞은 청솔 위로
바람은 선연히 젊기만 한데
쓸쓸한 겨울꽃을 바라보며
따뜻하게 손을 잡으며
이별을 하기도 하였다

막차가 떠나갔다
고독은 진실하게 빈 들을 지키고
눈 내리는 그 겨울의 찻집은 따뜻하였다

엊그제 같은 세월은 다시 볼 수 없는
나라로 가고
가슴으로 앉든 꿈의 의자는
지금 어디에 놓여 있을까

성냥

성냥 한 알 켜서 밤을 밝히고
열 식구 따뜻한 밥을 지었다
불빛 붉게 타는 연탄불에
노가리를 굽는 저녁이 오고

하루의 일터에서 모두는 돌아온다
성냥 한 알
수고한 자들의 따뜻한 밥이다

어둠 밀어내는 램프에 불을 밝힌다
조곤조곤 다가서는 얼굴들
작은 웃음소리 들린다
성냥 한 알
가난한 자들의 평화였다

찬 불이 있다면
한 손으로 만드는 라이터의 불이었고
두 손으로 만드는 성냥 불은
찾아오는 따듯한 불이었다

먼 옛날
맞비벼 일구어낸 불씨 하나
하늘의 응답으로 간수 하였다

세상에 찬 바람이 불고
일회용이라며 수십 번 손 내미는
플라스틱 라이터는 여기저기 살아 있고
빈속 짤랑대던 성냥은
가버린 친구처럼 보기가 어렵다

그 많던 성냥 공장 아가씨들은
어디로 가고
한 번 불붙어 벚꽃처럼 떨어져 간
찬란한 목숨들은
저 먼 하늘 불나비 되어 사라졌다

구두를 보며

없으면 한 걸음도 옮기지 못하면서
벗어놓으면 잘 보지 않던 구두
문득 본다

뒤축이 한쪽으로 닳아있다

혼자 정의롭게 한 걸음 한 걸음 걸어왔는데
기울고 기운 모습으로 앉아있다

평지는 없었다
둥근 지구에 면 맞춰 살지 못해도
진솔한 모습은 낡고 다정하다

무거운 짐을 지고 가는 밤이나
가벼운 음계를 밟는 아침에도
말 없는 순종으로 함께한다

선뜻 다른 신으로 갈아 신지 못하는
안온함으로
날마다 먼 길을 걸어간다

가시 길도 꽃길처럼 걸어온 날들
닳고 닳은 모습으로도
보이지 않는 길을 갈 수 있다

선연한 무지개를 바라보며
나만의 꽃 한 송이를 찾기 위해
꿈으로 바라보는 실크로드를 간다

꽃의 무게를 안고
하나씩 버려야 닿을 수 있는 곳
그곳을 향하여 나아간다

가을밤에

잡은 손 하나하나 멀어 가면
불빛 그리운 마음으로 길을 갑니다

쌓여 오는 적막을 맞으며
어둠에 익숙해 지면

진실한 모습으로
밤은 돌아오고

당신께서 어둠 속에
등불 하나 밝혀 두었습니다

세상이 변하여도
약속의 맑은 빛은 조용히 빛나는데

안을수록 안겨 오는
사랑 하나 꺼내봅니다

가을 새도 잠이 들고
빈 들에 마른풀은 별빛에 젖는데

광활한 하늘 아래
따뜻한 별을 보며
모습 작은 나그네가 됩니다

어찌 알 수 있을까

우리의 사랑과 눈물을
저 부지런한 개미가 알지 못하듯

하나님의 사랑과 눈물을
어찌 우리가 헤아릴 수 있을까

같은 땅에 발붙여 사는
사람들과 개미들

우주의 높이로 지극한 숨결을
어찌 알 수 있을까

가을날의 노래

오는 봄

온 몸으로 내리던 봄비도 가고
부지런한 바람도 지나갔다

언젠가 만나리라
꺼지지 않는 그리움으로

정淨한 하늘가 물안개 피고
맑은 정으로 싹을 틔우는데

따뜻한 바람으로 다가와
안기는 들에서 손을 흔들면

가슴을 여는 순백의 아우성
천지에 꽃피는 웃음이다

오랜만입니다
보고싶었습니다

가을날의 노래

하늘 향기 맑은 날
시월의 다정한 손길로
지나간 이름 내어 본다

손잡으면
유정하지 않는 것 어디 있으리

오래 기다리던 사람
돌아올 것 같은 날

정든 마을 지나온 바람 따라
가을꽃이 피어나면
나무 향기 그윽한 목관을 분다

오래된 노래 찾아가면
갈색 차향은 옛집을 지키며
아프도록 아름다운 날들로 지고 있다

세월 갈수록
문 두드리며
마음 그립게 살아야 한다
아름다운 사람으로 살아야 한다

노란 은행잎이
비처럼 내리는데
먼 길 찾아가면
마중 나올 것 같은 날

나이 들면

나이 들면
가을비처럼 흐르는 눈물을
아무도 모르게 흘릴 수 있다

혼자 있어도 외롭지 않다
바라보는 들풀
찾아오는 별들
모두 모두 친구가 된다

함께 하던 친구가
어느 날 갑자기 보이지 않아도
어디로 갔는지 알고 있다

나이 들면
세상이 참으로
참으로 세상이
무정하다는 것도 알게 된다

수제비

먼저 뛰어든 세모나
나중에 뛰어든 네모나

뜨는 손길 따라
크고 또 작게

모두 한 목적으로 담겨있다

기계를 거쳐 나온
한결같은 모습보다

가장 민주적으로 함께 한다

순서도 모양도 벗은
순한 백성들이다

오늘 원형의 식탁 위에
은수저가 정갈하다

겨울이 오면

겨울이 오면
모두가 떠나가면

남모르는 금빛 램프에 불을 밝히고
밤의 계단을 오른다

길은 혼자 가는 것
푸른 별은 홀로 반짝이고
냇물은 긴 이야기를 한다

외로울 때마다 다시 보는
멀리서 온 편지 읽으며
가장 아름다운 노래를 부른다

혼만 깨어
산과 마주하여 마음 나누고
별을 품고 영혼의 빈 잔을 채우고 있다

겨울나무는 모든 것을 버리고
저렇게 깊어 가고 있는데

겨울이 오면
홀로 사는 법을 배운다
혼자 행복 해지는 법을 알게 된다

손짓

봄물 오르는 땅속에
속살 터지는 가슴으로
작고 낮게 찾아온다

바람은 언제 저렇게 순해졌나
세상 맑은 얼굴로 환히 타오르고
손짓 따라 일어서는 앞들과 뒷산

곡우 지난 들에 서면
모습 모습은 손을 든다

바람 숨결에 숲은 설레고
지천으로 눈을 뜨는 박가분 냄새
사랑은
저렇게 찾아오신다

선한 가슴으로 만나는 손길
순한 가슴으로 맞이하는 손길

떨어져야

떨어져야
꽃이다

떨어지지
않으면

냇물이 돌을 만날 때
환한 소리를 낸다는 것
모른다

깨어나는 아침이
얼마나 고마운 줄
모른다

떨어져야
갈 곳을 알게 된다

눈 내리는 오후

창들이 조용히 닫히고
함박눈이
천지를 덮는 오후

세월 곱게 익은
청동 주전자는 뜨거워 가는데

정결한 바흐의 첼로는 흐른다

가버린 사랑은 정든 언어로
황량한 눈길에 쌓이고

단정하게 피어있는 그리움은
톡톡 환한 눈을 뜬다

지워도 남아 있는
마른 꽃의 향기를 안으며

가만한 손길로 끄집어내는
토요일 오후의 슬픔

더욱 눈은 내리고

문 열면
여윈 바람 앞세우며
발 시린 겨울꽃으로
찾아올 것 같은 날

제 갈 길 간다

지난겨울 뒤 뜰에 묻어둔 분재
봄이면 다시 제집에 앉혀야 하는 것을
그만
봄이 한참 지나 서야 바라본다

모양을 잡은 철삿줄을 이기고
본래의 제 모습으로 돌아가고 있다

한사코 푸른 하늘 아래
꺾고 꺾어도 제 갈 길 찾아가는
저 푸른 모습

생명의 근원으로 회귀하는
완고한 몸짓

바람이 날 짐승처럼 찾아오고
어둠이 깊어 가도
지순한 햇볕을 기다리며
야생의 아침을 맞이한다
그래
네 갈 길 네가 가거라
푸른 바람 불어오는 길

앞산

언제부터인가 뿌리내려
마주하여 앉아있다

하늘이 바뀌고
계절이 지나가도
소망은 하늘을 향하고

꽃 피는 마을 바라보며
이야기처럼 나무들 자라고 있다
쉬어 가는 바람의 사연 깊어 간다

함께 놀던 아이들은
도시로 가고
한 번 가면 돌아오지 않는다

기다리는 어머니처럼
어깨는 낮아지고

지극한 정성으로
꽃을 피우고 거두어들이고
길을 만들어간다

이름도 없이
쉽고 편하게
두 팔 벌려 가까이 앉아 있다

남해, 몽돌

바다가 운다
밤바다가 운다

그리움 밀려와
제 살 깎아 울음 운다

밤도 잠 못 들어
함께 설레는데

밤새 읽어도 못다 읽는 사연
홀로 뒤척이고

부르는 소리 다시 바라보면
갈 바람에 흔들리는 별빛

모진 세월 닳고 닳아
혼불을 밝히는데

우리의 외로움 우리가 알아
사랑하여라
남해 바다 멀리 무적霧笛이 운다

평안

폭설로 생목生木의 가지가 찢어지고
제재소의 톱날은 비명을 지르고
기로를 헤매던 흰 나비는 기어코
저 어둠 속으로 날아갔다

급행열차는 간이역을 성급하게 지나간다
여전히 동백꽃은 피어나고
북녘 하늘로 기러기는 날아간다

모두가 무사하다
오늘도 평안하다

축복

잊지 않고 찾아오는 저녁 밥상
한 것 없이 날마다 상賞을 받는다

드디어 화폭에 꽃이 피었다
손은 붉게 물이 들고
온몸이 환한 꽃으로 섰다

늦은 밤 불 밝히면
비가 내리는데
당신 그리워 오르는 하얀 계단

겨울꽃

12월의 밤에 눈이 내리고
전나무 트리에 불이 켜지면

꽃이 없어 적막한 계절에
홀로 따듯한 눈빛으로 찾아온다

추워야 붉어지는 꽃
고난의 언덕마다 피어있다

순교자의 더운 피로
산은 낮아지고 골짜기는 메워지는데
가슴 가슴 마다 별이 뜨는 계절

낮은 곳으로 찾아오시는 예수님은
저 거친 광야를 걸어오시는데

환한 마음 감사의 기쁨으로
겨울꽃은 피어나고 있다

어느 행복한 산골 마을에
풍성한 눈도 내리고 있다

기적이 없으면 축복도 없다는데
기적으로 피어나는 겨울꽃 포인세치아

새벽종

어쩌다 새벽에 잠이 깨면
어릴 적 듣던 교회의 종소리
들려올 것 같다

하늘로 치솟다
온 땅으로 맑은소리 찾아오면

깊은 계곡처럼 잠든 마을마다
지붕들이 보이기 시작했다

때맞춰 기차가 지나가고

할머니는 기도하러 가시고
어머니는 부엌의 그릇들을
깨우기 시작하셨다

은빛 안개로 아늑한 텃밭
새순은 가장 먼저 눈을 뜨기 시작했다

요즈음은 새벽이 없어지고
울리는 종이 하나도 없다
종소리가 들리지 않은 지 오래되었다

광순이

길 건너 앞집 광순이는
열여섯 처녀였다

찬 서리 맞으면
더욱 영롱해지는 차꽃처럼
의붓아비 천대에도
꿈의 크기로 자랐다

설움이 살이 되어
가슴에 푸른 꽃이 피어
시린 고독을 안고 살았다

눈 녹여 꽃 피우는
겨울꽃의 모습
내 어린 시절 기억 속에 살아있다

광순이가 단신으로 떠났다는 아침
그해 겨울 가장 추운 날이었다

스쳐도 알아보지 못할 만큼
멀리 아주 멀리 세월은 가고

접고 접은 세월의 구비 마다
차꽃은 유리알처럼 박혀 있을 것이다

어느 하늘 아래 꽃은 지고
보석 같은 세월을 헤며
계절은 깊어만 간다

봄 길에서

청보리 물결 푸른 들길에 서면
옥색 치마 곱게 입은
선한 눈길의 옛 친구를 만난다

단단한 돌들도 푸르게 숨 쉬고
환한 햇살 고요하게
어린 날의 노랫소리도 들린다

봄 길로 꽃 상여가 지나가고
어린 상주는 먼 하늘을 바라보는데
꽃향기에 목이 메는 어느 봄날도 온다

지나간 인연 들은 그 시절 모습으로 선연한데
다시 보면 청록색 그늘만 흔들리고 있다

어디선가 소식 실은 바람이 찾아올 것 같고
풋사과는 정겹게 익어 가고 있는데
철 지난 그리움에 먼 길 나서면
아직도 푸른 노랫소리 돌아오고 있다

모래성

낙서

잘 가꾼 시집 속에
고운 꽃들이 앉아 있다

언젠가
어린 손자가 그 위에 낙서를 해 놓았다

질서 없는 선과 원들이 버려져 있다

그래, 모든 것은 선으로부터 시작하지
선과 선이 기하학적으로 만나고
선은 몸을 틀어 원으로 모양을 낸다

환한 웃음 들린다
제잘 제잘 봄 길을 간다

모래성

모래성을 쌓던 자리에
아직도 손길이 남아있다

봄밤의 꿈같은 하루가 가고
쌓다 만 모래성은 허물어져 가는데

한나절 이야기가 무성하던
간절한 성채마다
적막한 달빛은 어둠과 손을 잡고
길 잃은 바람만 지나간다

하루가 끝없이 긴 줄만 알고
걸어온 자국은 하나씩 묻혀 가는데

잠시 가졌던 모든 것을 버려야 하는
한 생애의 작별을 한다

손을 씻으며 울던 아이는 어디로 가고
낯선 달만 무심하게 떠오른다

한낮의 열락은
무연한 바다 어둠으로 표류하고 있다

연어가 돌아오는 밤

허기진 바램으로 담아온 어머니 냄새
그 정 옛길 찾아 돌아온다

결빙하는 달빛을 헤치고
산호의 꽃밭도 꿈처럼 지나왔다

파도마다 일어서는 아픔을 먹고
온몸으로 뼈와 살이 자라던 귀로

옛날의 금잔디 동산에
다시 들국화는 피어나는데

모천에는 쉼 없는 사랑으로
그때처럼 따뜻한 바람이 분다

수고하고 무거운 짐 내려놓으면
온몸으로 꽃이 피고
눈물 같은 열매가 맺힌다

연어가 돌아오는 밤마다
새벽별이 뜨는 곳에 꽃이 피고
별을 바라보며 별이 된다

전송

호스피스 병동 앞 나뭇잎 하나
화르르 떨어진다

지기 위하여 피어있는 꽃들
우우우 앉아있다

눈물을 닦자
너도 가고 나도 가고
우리 모두는 간다

돌아오지 않는
수많은 날들을 보내며
꽃 피우고 열매 맺어
씨알 되어 돌아간다

생애를 다하여 잡은 불빛 하나
언젠가 우리는 헤어지고
있는 것은 없어진다는 것

깊은 강 건너 선착장에
접안 하는 하얀 배

손 저어 보내는 손길
또 어느 나라에서 만나나

사람 꽃

아침 이른 뜰에
작은 새의 물방울 소리

음보 없이 치는 건반이
뛰어다닌다

새잎 돋아나는 나무
맑은 물오르는 소리 듣는다

세상 모두 처음 만나
인사를 한다

만남의 축복이 도처에
눈을 뜬다

사랑의 걸음걸음으로
다가와
안기는 가슴

사람 꽃
사랑의 꽃

낯선 자리 있지 아니하고
가까운 자리 피어 있다

하루를 살며

또 하루가 지나고
별빛은 찾아온다

셈하듯 하나하나 빠져나가면
그 빈 자리 지키는 기도의 등불

맑고 빈 잔을 채워라
어둠이 적셔오는 밤을 맞으며

여기까지 왔구나

사랑도 미움도 한 가지로 피어나는
꽃밭

빈 자리마다 쌓이는 언어로
혼자 드리는 예배

내 마음에 꿈꾸듯 서 있는
작은 예배당

봄꽃

고운 빛깔 불러 모아
사랑으로 곱게 지어

꿈길마다 만나는
보랏빛 입술

짧은 봄이 가는데
그 입술 함께 하여

누가 함께 가나
순명의 봄 봄이여

잎사귀만 무성한 나무

삼시 세 때 구별이 없으시든 예수님은
하필 왜 그 나무 앞에 섰을까
잎이 무성하여 열매가 가장 많을 것 같은 나무

숫자가 많아지고 키가 높아지면
황금 송아지는 더욱 살이 찌고
잎이 무성한 나무는 대답이 공허하다

수고하고 무거운 짐 진 자들아
예수님은 문 앞에서 발을 씻기시는데
겉옷이 아름다운 사람들은
멀리서 더욱 경건해 지고 있다
속죄소로 가는 길에 잡초에 무성하다

창문은 닫혀있고
길 찾는 어린 양들은 높고 긴 담을 따라
돌아간다

한숨 같은 바람,
의지할 곳 없는 바람이 분다

말씀은 현란한 옷을 입고
사랑의 몸짓은 비대하다
햇살은 뜨겁고 잎은 청정하다

그러나 조 이삭을 비비시는 주님 앞에
외식하는 나무들

저주받은 무화과나무를 바라보면
잎사귀만 무성하게
춤을 추고 있다.

아침 기도

새벽종 소리 따라갔던
할머니의 옷자락에서 푸른 새벽 냄새가 났다

다시 한번
어린 영의 머리맡에 손을 모은다

척박한 땅에 거름이 부족하더라도
이른 비와 늦은 비가 조화롭게 하시고
따사로운 햇볕이 오래 가게 하소서

뜨거운 만남을
곳곳에 심어 주시고

여린 씨앗 위에 겨울새가 날지 못하게 하시며
가지에 가지가 열려 넉넉한 결실을 주소서

사방이 막히어도
위를 바라보는 지혜를 주시옵소서

세월은 밀려가고 다시 밀려오고
그 푸른 새벽은 아득히 가고

그때 할머니보다 더 주름진 손길로
내 어린 손자의 머리 위에
그 머언 새벽을 기억한다

이루어 진 대로 더 이루어지게 하시고
맑은 등불은
풍요로운 기름으로 타오르게 하옵소서

금빛 햇살 찾아오는 서늘한 창가에
새들도 모여서 손을 모은다

여름 낙과

풀잎 향기 무성한 여름 뜰에
떨어진 푸른 열매야
너 혼자 왜 그래 있니

생명 가득한 날
생살 내어놓고

깊고 어두운 강 건너
저편으로 가고 있네

손 놓아 버리면
한 줌 바람으로 세상은 가고
속 깊은 정만 먼 하늘 별이 되네

슬퍼하지 말자
슬프다고 외로워하지 말자

이 세상에 별처럼 아픔이 많고
우리는 그 강물을 건너간다

걸어 걸어 먼 길 가면
그리운 정도 함께 갈까

풀잎 향기 무성한 여름 뜰에
계절을 잃고 떨어진
푸른 열매야

정 찾아

밤새 먼 길 걸어
어깨 위로 달빛을 맞아 본 사람은 안다

사랑은 만들다 작아지고 멀어 갈 수 있지만
정은
오래된 집에서 온몸으로 숙성되고 있었다

그러나 세상은 바람 부는 아스팔트 위로
말없이 돌아서 가고

온 생애 다하여 나도 모르게
물든 정은 출구를 찾지 못해
오래 지병을 앓고 있다

지나온 마을마다 새긴 사연
허물처럼 벗고 올 것을

남들은 잘 버리고
추운 겨울 춥지 않게 걸어가는데

혼자서만 가슴 앓는 목마름으로

없는 줄 알면서
없는 줄 환하게 알면서
어디엔가 불빛 잔잔한 작은 집
있을 것 같아
길 찾아 나선다

작은 나무야

나무야
작은 나무야
처음 맞는 겨울이 찾아온다

땅은 식어 가고
네 작은 발은 시려 오는데

어머니 땅에서
더운 사랑 자장가는 꿈처럼 가고

그 사랑 기도되어
문 앞에 서 있네

모진 세월 꿈으로 영글어
죽은 것 같으나 죽지 않고
아픔으로 크는 나무

아픔보다 더 빨리 자라는 생명
눈물보다 더 간절한 소망

소식 끊어진 적막강산에
모진 목숨은 손을 모으고

청보리밭에 이삭 팬
연둣빛 바람은 기어코 불어오는데

나무야
작은 나무야
이 겨울 넘고 넘어
그렇게 살아간단다

대표기도

절절한 사연 담아
*도고의 제물로 섰습니다

흰옷 입고 제단에 서면
혼자 오롯한 촛불

가장 깨끗한 불이 되어
이 어둠 사르며 섰습니다

재를 머리에 얹고
겉옷을 찢습니다
한 사람 한 사람 손 잡아 주시고

맑고 고운 가슴으로
흐르는 감사의 노래
하늘로 이어지게 하옵소서

작은 신음 바라보며
함께 우시는 눈물
붉은 꽃을 피웁니다

온 회중 선한 눈동자
한 몸에 지고
무거운 길, 아름다운 길 걸어갑니다

이 작은 목숨에
감당케 하시는
말할 수 없는 탄식이여

* 도고(禱告) - 남을 위하여 간구하는 중보의 기도

아침을 맞으며

깊은 밤을 헤치고 아침을
맞는 것은 기적이다

날마다 보는 하늘
새삼스레 다시 보면

하늘 너머 하늘
부르면 가야 할 곳 찾는다

언제일까
아침일까 밤일까

정리하지 못한 이삿짐
작고 가볍게 접고

가시로 살아 아픈 곳에
작은 이불 하나 덮어야 한다

마르지 않는 눈물로 만나는 사랑
울어도 지워지지 않는 얼룩들
내보이며

날마다 주시는 축복
아침을 맞이한다

엠불런스

주일 아침,
온몸에 십자가를 붙인 승합차들이
거리 거리를 다닌다

영혼의 앰불런스,
여기저기 아픈 생명들이 타고 내린다

병원 십자가 보다
교회의 십자가가 더 많은 거리

근심이 매연으로 가득한 하늘
적색경보의 예감이 가까이 있다

병원에 갔다가 더 병을 얻었다는
사람들
거리에서 손을 흔든다

도시의 혈관을 타고
녹슨 길을 닦으며 구급차가 온다

어둠에서 돌아와 상처를 풀고
새 아침을 사모하며 문을 연다

유대 땅에서 한 번도 웃으신 적
없으시든 주님
오늘 아침 이 땅에서 환하게
웃으시는 모습 그립다

산다는 것은

아침을 먹고 점심을 기다린다
점심을 먹고 저녁을 바라본다
저녁을 먹고 잠을 잔다

눈물만큼 인생이 깊어진다는데
마른 눈을 뜨고 사막길을 간다

그러나 산다는 것은
마른 길을 가는 것이지만
마음 스스로 적시며
잊었든 감사를 회복하는 것이다

곱게 물드는 저녁노을을 바라보며
당신의 소리를 안고
눈물지으며 살고 싶다

결실을 안을 수 없다 해도
생명의 씨를 흙으로 덮으며
아픈 지혜의 손으로
한 뼘 남은 노을을 바라본다

산다는 것은 걸어 걸어가는 것
떠나고 떠나는 그 줄을 서며
마른 눈으로 갈 수 없는 곳을
찾아가는 것이다

하늘의 등불을 바라보며
낯선 길 묻고 물어 찾아가야 한다

직선

직선이 꺾이지 않으면 모양을 만들 수 없다
더 많이 더 아프게 꺾이어야
보다 많은 면을 만들 수 있다
면, 면은 선의 헌신이고 열매이다

선의 만남으로 세상은 만들어지고
세상은 만남의 축제이다

직선 위의 두 점을 정할 때 길이를 알 수 있다
수많은 점들 중에서
어느 것을 정할 것인가
먼저 만들어질 전체의 모양을 생각하여야 한다

타협하지 않는 직선은
창이 되고 칼의 모습이 된다
세렝게티의 포식자는 두 점 사이의 가장
가까운 직선으로 달려간다

그러나 꽃을 찾는 나비는
하늘하늘 물결처럼 날아간다

사랑하는 우리가 직선이 되어
천 번을 그어 놓은 수많은 평행선
오늘도 건너오지 못하는 우리의 사랑이다

한쪽이 휘어질 때
눈물 같은 만남이 있다
만남은 역사가 된다

다시 오지 않는다

숨기고 가려도
물오르는 나무마다
작은 눈길로 찾아온다

눈 녹은 물은 낮게 낮게
산 아래로 내려가고

봄은 옛 모습 그대로
다시 찾아오고 있다

낮 뻐꾸기가 목 놓아 울고
민들레가 따뜻하게 피는데

이 세상 한 계절 피는 꽃
그 자리에 모양도 같게 피건만
이 봄 다시 보니 그 꽃이 아니다

지난봄의 뒷모습 따라
순명의 아픈 얼굴로 가든
쓸쓸한 눈매가 아니다

봄이 다시 와도
한 번 가버린 그 봄은 다시
오지 않는다

봄날

숨은 손길 따라
황홀한 목숨으로 가슴 여는 땅 위에
보랏빛 그리움으로 찾아오고 있다

상수리나무 우듬지에 비비새가
날아오고
멀고 먼 나라 여명의 길을 걷고 걸어
꽃들은 다시 돌아오고 있다

살아 있으면 만나는
생명의 축제.
잊지 않고 찾아온다

힘쓰고 애쓰며 때를 기다리던
순한 지혜의 문이 열리고
청록색 소식을 낭랑하게 전해오면

잊히고 지워진 이름이라도
찾아가 마음 전 할 곳 없을까
같이 웃는 마음으로 봄 잔치 함께 할
산 아래 작은 마을 없을까

등 돌리고 멀리 간 사람들의
집 앞에도 꽃이 피어나고
하늘빛 바람이 불어오는데

*꽃이 피면 같이 웃고
꽃이 지면 같이 우는
알뜰한 그 맹세에 봄날은 가는데.

* 가요 '봄날은 간다'에서

일탈

K는 퇴근길에서 작은 일탈을 한다
빠알간 등이 잔잔한 목로주점을
혼자 걸어간다

빈속에 더운 한 잔의 술이
강물처럼 온몸을 적신다
전율하는 엑스타시
아픔과 기쁨이 만난다

온몸이 더워지는 안도감으로
아무도 함께하지 않는 자족으로
밤을 적시며 술처럼 익어간다

K의 제의祭儀
사제가 밀교의 제사를 집례 하듯
은밀하다

오늘도 그는 순례자가 되어
일상에 작은 문 하나 열어 놓고
가슴으로 살아간다

혼자 돌아가는 저녁 길도 낯 익어오고
그 길에서 찬 손을 잡아줄
눈물겨운 적막도 정다웁다

일탈은 시가 된다
그가 할 수 있는 살아있는 날의 의식이다

겨울 나그네

겨울 나그네
– 슈베르트의 인생의 겨울날

푸른 연민으로 만나는 겨울 나그네
그 긴 여정 위에 내리는 눈송이
한겨울 마음 그리운 사람들에게
따뜻하게 찾아오고 있다

사랑을 잃은 한 젊은이가 눈 내리는
겨울을 지나가고 있다

안녕, 사랑이여 떠나간다
지금은 눈에 덮인 들판
푸른 시절 마을의 꽃밭은
얼마나 따뜻했던가

성문 앞 우물가 보리수
기쁠 때나 슬플 때나 찾아온 나무 밑
가지는 흔들며 말한다
그대여 여기서 안식을 취하라고

숯 굽는 외딴집에서 잠을 청한다
봄 꿈을 꾼다

닭이 울고 두견새가 운다
창문에 마른 풀이 흔들린다

적막한 눈길을 헤치고 우편 마차가
달려온다
소식 없이 꿈처럼 지나간다

눈 속에 잠긴 이정표
이 침묵의 겨울에 머물 주막은
어디에 있는가

눈길을 헤매는 늙은 악사의
작은 접시는 비어 있다
같이 갑시다
나의 노래에 맞춰 손풍금을 울려 주세요

맑은 겨울 하늘과 단단하게 얼어붙은 호수
우리의 겨울은 따뜻하다

이 겨울에 피어나는 푸른 겨울꽃을 안으면
우리의 사랑은 따뜻하다

인생의 겨울날을 수놓는
아름답고 슬픈 잔을 들어 건배를 한다

겨울 나그네가 되어
우리 모두가 이 겨울을 간다

협주곡의 초대
-MOZART의 플루트와 하프를 위한 협주곡

깊은 겨울이 찾아오면
우리는 볼프강 아마데우스
모차르트의 협주곡에 초대를 받는다

청정한 설경 속에 두 팔 뻗은
전나무의 숲을 헤치고
나무 냄새가 짙게 밴 통나무 집에서
겨울 이야기를 나눈다

제1 악장 Allegro

하프와 플루트는 관현악을 마주 보며
현란한 비단을 짠다

목동과 공주가 만나 동화가 된다
안 어울릴 것 같아 더 어울리는 역설
모짜르트는 위대하다

비엔나 커피 다갈색의 향기는
사색에 잠긴다

제2 악장 Andantino

열광하는 현악을 타고
유연하게 춤추는 목관
하프는 즐겨 손을 잡는다

세월의 향기는 겨울꽃을 피우고
사랑의 언약은 별이 된다

계절은 깊어 가고
밤의 기도는 더욱 깊어 간다

제3악장 Rondo Allegro

맑고 푸른 리듬이 문을 두드리면
맞이하는 정다운 임이여

금빛 잔마다 쏟아지는
제야의 종소리
나무들 흰 눈을 이고 꿈을 꾸는데
무도회의 밤은 깊어간다

행복하기

유대인 피아니스트 헤르츠 좀머 그는 1943년 마흔 살에 남편 아들과 함께 나치 수용소로 끌려갔다 남편은 이내 세상을 떠났다 그러나 그는 절망하지 않았다 추운 잠자리에서도 여섯 살 아들을 껴안고 체온을 나누며 감사했다. 항상 웃는 얼굴로 아들에게 동화를 들려주었다. 그는 많은 사람들에게 피아노를 들려주고 소망을 심어주며 다행히 가스실을 면했다 굶주렸으나 음악을 먹고 살았다
세월이 흐르고 인생의 황혼을 맞으며 그는 말했다
따뜻한 방
읽을 책
하루 두 시간 걸을 수 있는 운동화
첼리스트 아들과 함께하는 음악
더 바랄 게 없다
침대에 누워 창밖 나무만 보아도,
아침, 새소리만 들어도 행복하다

지난밤 비가 내려
맑은 얼굴로 바라보는 거리와 지붕들
청과일 같은 아침이 식탁 위에 놓이고

감사의 두 손을 모은다
찾아 오는 새날을 맞으며
길을 나선다
나뭇잎 하나하나
빛나며 감사하고 있다

비우기

과일나무를 심을 때 어린나무들을 촘촘하게 심는다고 한
다 처음에 빼꼭하게 심어야 가지가 많지 않고 잘 자란다는
것이다 점점 자라기를 기다려 발육이 좋지 않은 것은 솎
아 내어서 간격을 만들어 준다 처음에는 답답하리만큼 운
신의 폭을 제한하여 어린 묘목이 위로만 곧게 자라게 한다
곁가지가 많으면 큰 나무가 못 된다 열매도 적다 중심이
곧추서야 한다 제 중심이 서기 전에 오지랖만 넓으면 이룬
것 없이 흔들리다 제풀에 꺾인다고 한다

푸른 소나무에 쌓인 하얀 눈은 품위 있는 겨울 풍광을 연
출 한다 그러나 솔잎은 촘촘하게 있으므로 눈의 무게를 온
몸으로 지탱하여야 한다 다른 나무들은 잎이 떨어져 눈이
쌓일 자리가 없다 눈이 쌓이기 시작하면 종종 소나무는 가
지가 찢어지는 모습을 보이기도 한다

비우고 버려야 한다

눈目으로 보이는 것 모두 담아
완고한 무게로 자리하여

바람 한 점
찾아오지 못하는데

문 두드리며
앉을 곳 찾으시는 언약의 말씀

버리고 비워야 한다

외롭고 가난한 집에는
따뜻한 밤이 충만하다

안개 깊은 밤

안개가 바닷속처럼 깊은 밤
다정한 벤치는 말이 없고
갈대는 깊은 생각에 젖는다

새들은 문을 닫아 따뜻하고
은사시나무들은 서서 고요하다

호젓한 모습으로 하염없이 가는 길
남모르는 길을 대상처럼 간다

불빛은 등대처럼 멀어지고
옛사랑의 그림자는 길다

밤안개 내리면
세상은 소리도 모습도 깊어간다

우리 모두가 정다운 이 도시에
그리운 눈물로 밤을 적신다

하늘의 별들은
천천히 천천히
머나먼 나라를 찾아가고 있다

봄 길목에서

맑고 푸른 하늘 아래
시린 입술 울음 참다

묵정 밭 잔설 속에서
손 내미는 냉이 한 싹

햇볕 아래 눈 맞추며
순결한 가슴으로 돌아온다

세상은 오고 가는 길목
모두가 돌아오면

너는 더욱 아름다워지고

나는
엽맥 푸르게 숨 쉬던
주름진 손을 바라본다

피는 줄 모르고 피었다가
지는 줄 모르고 지는 하늘 아래

바람도 가까이 다가오면
눈물 짓듯 웃으며 봄 길목에 선다

사랑은

겨울바람 맞으며
혼자 걸어가는 길

따르르릉
'밥 먹었어'

밝고 따뜻한
햇빛 내린다

사랑은
긴 이야기가 아니다

바르기만 한 설명은
더욱 아니다

GPS

큰 차나
작은 차나
먼 하늘의 음성을 듣고 길을 찾는다

고도 20,000Km에서 내려와
내 앞에 서는 생생한 언어들

작고 쓸쓸한 삶이나
크고 풍요로운 삶이나
저 먼 하늘의 소리를 들어야 한다

길 잃고 헤맬 때
내 앞에 더욱 따뜻한 말씀

너만 보인다

수많은 사람들 중에
너만 보인다
사랑하기 때문에

네 속에 있는 것
다 보인다
너만 보이기 때문에

꽃밭에서 가장 예쁜
꽃 하나
내가 심어 놓은 꽃씨

눈을 감으면

눈을 감는다
귀는 더욱 맑아지고
가슴에 순한 바람이 인다

찾아가는 길 보이고
그리운 음성 따뜻하다
일생 바라보든 빛 밝아온다

정들지 않기
기다리지 않기
알면서 섭섭해하든 것
모두 문을 닫는다

눈을 감으면
함박눈이 내리고
하얀 눈꽃이 피어난다

불

몽골 초원에서
말똥을 말려 불을 지핀다

사람 똥은 잘 말려도
불붙이기가 어렵다

불은 솔직하고 단순한 것과
어울린다

때를 따라

들꽃
아무도 보지 않건만
때가 되면 피고
때가 되면 진다

때를 따라 오고 가는
환하게 밝은 길

가을꽃
서리 맞으며 잔잔하게
생명의 몸짓으로 서 있다

나도
경건한 묵언으로
영혼의 창을 열고 있다

배

이쪽저쪽 이어 주던 배들
하나둘 가버리고

우리 사이에 때 묻은 정 물결치고 있는데
오고 갈 것 없어도
세상이 무정하여도

일 년에 한두 번
배 하나 띄우고 살자

하늘 길

어둠이 찾아오면
뒷모습으로 모두는 돌아간다

그리운 모습도 보고 싶은 얼굴도
검은 능선 넘어 가버리고

땅 옛 것 찾고 찾다 길은 막히고
앞이 어두워지면

머리를 들어 위를 본다
하늘로 난 길 바라보면 보인다

별은 항상 불 밝혀 있었다
그러나 찾을 때 만나는 것이다

적막강산 고독한 광야에
위에서 내려오는
야곱의 사닥다리

정착기

무거운 걸음으로 열차는
독산성 자락 작은 마을에
무성한 젊음을 내려놓고 갔다

눈을 뜨며
북상하는 봄이 조금 늦게 찾아온다는 것과
겨울 눈이 조금 더 많이 온다는 것을 알며
황량한 꿈의 들판을 바라보았다

파아란 목숨을 위해
야영지의 밤 등불을 켜고
미지의 땅을 경작하였다

마른 땅 여기저기에 꽃씨를 섞으면
씨앗의 단단한 꿈은
언 땅을 비집고 새집을 지었다

잘 다듬어진 어린아이의 뒷모습처럼
길들이 놓이고

낯선 건물들이 들어서기 시작하고
만나고 헤어지며
꽃물처럼 정든 채색의 날들이
지나갔다

때론
이마를 적시며 서리가 내리면
되돌아가는 열차를 그립게
바라보기도 하였다

짧은 생애를 산 꽃들이 앞서가고
조용히 머리 숙여
저물수록 어둠 앞에 겸손해지면
바람 불어 뿌리는 더욱 내리고
황혼의 불로 영혼은 익어 간다

꽃 속에 나비 한 마리 머물고 있다
지상은 어디서나 바람이 불어도
금빛 날들로 뜨고 저물어 간다

돌아오며

왔던 길 다시
돌아오는 일호선 철길

가버린 들판마다
새들의 발자국만 남아있다

옆자리에 잠깐 앉았다
일어서는 낯선 얼굴들
우리 모두는 그렇게 스쳐 간다

뒷모습만 보이는 겨울 사람들
돌아갈 곳으로 모두는 갔다

어디를 가도
미지의 나라 설레는 도시는 없었다

첫눈 내려 가지마다 꽃이 피면
그 감사한 소식을 나눌 사람은 멀리 있다

돌아오는 길은
바람 따라갔다
빈 바람으로 오는 것이다

대답 없는 겨울 강산
침묵의 불 밝히면
눈 내리는 소리만 어둠의 바다에
떨어지고 있다

날 바라보는 눈길

겨울을 준비하는 나무
상한가지 다독이며 머리를 들면

바라보는 눈길이 있다
비우고 깊어 갈 때
선연한 눈빛으로 따라오는 눈길

일생 쌓았던 영욕의 짐 내려놓고
작은 영혼의 영토를 지키면
맑은 바람이 인다
빈 항아리에 금빛 고백이 쌓인다

세상은 견고한 잠을 자는데
홀로 깨어가는 길
달맞이꽃은 푸른 노래를 부른다

거친 길 앞 만 보고 걸어갈 때
긍휼의 아픔으로 다가오던 눈길
달빛처럼 가득하고
순백의 평화가 다정하다

날 부르는 소리
온몸으로 들으면
푸른 새 한 마리 날아오른다

진료

그저 관리를 잘 하는 것밖에 없습니다 현재 상태를 잘
유지하는 것이 최선입니다 아무리 아니라고 하여도 계
절 따라 진달래가 지고 개나리가 지고 장미 백일홍도
지고 하늬바람이 불면 끝없이 지는 나뭇잎 소리를 들어
야 하는 것입니다
이 세상 지는 일에 익숙해지고 가는 길을 밝히 보아야
합니다 지치지 않는 생명으로 꽃을 피우며 걷고 걸어
밤을 새우던 시절은 갔습니다 퇴적한 세월에 다시 봄바
람이 불어올 것이란 꿈은 버려야 합니다
더 좋아진다는 것보다 더 나빠지지 않게 하는 것이 목
적입니다 아무것도 아닌 처음으로 돌아간다는 것은 이
제 사람의 영역이 아닙니다 세월의 조각조각 소중하게
여기며 날마다 깊어가고 들풀처럼 낮게 살아야 합니다
먼 곳을 바라보며 천천히 가야 합니다

아, 그렇구나

산다는 것은 쓸쓸한 일몰을 조금 더 바라보고 밤이 총
총히 찾아오면 집으로 돌아가는 것 한 발 한 발 돌아가
는 것 그리고 자신의 힘만으로 사는 것이 아니라는 것
을 깨닫는 것 육신의 아픔으로 영혼의 빈자리를 바라보
는 것이다

그날 종합병원의 흰 모습이 교회같이 보였다

발문

跋文

순례자의 따뜻한 영혼, 아름다운 노래

임병호 (시인·『한국시학』발행인)

1. 시인 강한석, 화가 강한석, 음악인 강한석

평온하다. 강한석 시인의 작품들은 그의 인품처럼 사람들의 마음을 안온하게 만들어 준다. 여섯 번의 개인전과 다수의 그룹전에 참가한 화가이기도 하여 그의 시는 풍경화나 정물화처럼 한 눈에 들어 온다.

2016년 봄 강한석 시인이 「강한석展」을 열었을 때 이선영 미술평론가는 「여러 세계의 공통분모로서의 추상」이라는 제하의 평설에서 "강한석 전에 출품된 다채로운 풍경화와 정물화는 추상화와 자연, 종교, 음악과의 밀접한 관련을 생각하게 한다.

문학도 있다. 이미 국내외에서 5회의 개인전을 치른 화가이지만, 그는 2000년대 초반 어릴 때부터의 꿈이었던 그림을 본격적으로 시작하기 전에 평생 시를 써왔다"

고 소개했다. 그러하다. 강한석 시인의 작품은 미술적인 요소가 있어 회화繪畵를 보는 느낌을 주기도 한다.

작품 전편에 흐르는 음악적 선율도 강한석 시인이 클래식 음악 애호가임을 말해 준다.

"푸른 연민으로 만나는 겨울 나그네 / 그 긴 여정위에 내리는 눈송이 / 한 겨울 마음 그리운 사람들에게 / 따뜻하게 찾아오고 있다 // 사랑을 잃은 한 젊은이가 눈 내리는 / 겨울을 지나가고 있다 (하략)"는 「겨울 나그네」와 "깊은 겨울이 찾아오면 / 우리는 볼프강 아마데우스 / 모차르트의 협주곡에 초대를 받는다 // 청정한 설경 속에 두 팔 뻗은 / 전나무의 숲을 헤치고 / 나무 냄새가 짙게 밴 통나무 집에서 / 겨울 이야기를 나눈다 (하략)"는 「협주곡의 초대」 등 일련의 작품들은 목소리나 악기를 통하여 사상, 감정을 나타내는 음악을 강한석 만의 음색 있는 언어로 시를 이룬다.

「가을 애상」「나그네」「사랑이여」 등 많은 시가 작곡되어 애창되고 있음도 그의 음악적인 감성에 연유한다.

문학평론가이기도 한 조석구 시인은 일찍이 1999년 나온 그의 두 번째 시집 『영혼의 불을 켜고』 작품해설 「영원한 인간정신에의 구원」에서 "강한석은 경남 마산에서 출생하여 그의 유년기와 청소년기를 그곳에서 보내게 된다. 기독교 가정에서 성장한 그는 부모님으로부터 자연스럽게 착실한 기독정신을 배워 지금도 오산 장로교회 장로로 봉직하고 있다. 그는 학창시절 음악에 뛰어난 소질을 보였다. 그의 노래 솜씨는 수준급이다. 그는 섹소폰도 불고 플루트도 잘 분다.

그러나 그의 문학에 대한 집념은 그를 문학청년으로 성장시킨다. 그는 마산문인협회에서 동인활동을 하며 문학에 대한 열정을 보인다. 시화전을 3회씩 개최한다는 것은 보통사람으로서는 불가능한 일이다..

그가 그의 고향 마산을 떠나 오산대학으로 직장을 옮긴지도 30여년 가까이 된다. 그런데도 그의 강한 남도 사투리는 고집스럽게도 변함이 없다. 그는 그만큼 향토적이다.

그는 특히 클래식에 조예가 깊다. 베토벤 합창곡을 특히 좋아한다. 그의 가족은 음악가족이다. 1남2녀가 다 피아노를 잘 치고 바이올린을 비롯하여 몇 개의 악기를 다룬다.”며 “그는 사람을 자연스럽고 편안하게 대해 준다. 그는 아주 다정다감하다. 그와 더불어 잠시 대화를 나누어 본 사람은 그의 예술에 대한 열정에 놀란다.”고 강한석 시인의 성품과 예술에 대한 집념을 밝혔다.

성백원 시인도 2008년의 시집 『茶 꽃피는 아침』작품해설에서 “다면체 가운데 가장 안정적인 것이 삼각형이라고 한다. 세 발로 된 의자는 평면에서도 물론이거니와 기울어진 면에서도 중심을 잃지 않기 때문이다. 강한석 시인은 이런 면에서 가장 안정적인 삶의 기반을 가지고 있다. 음악과 미술과 문학의 삼각대 위에서 인생을 관조하며 즐기는 삶의 풍요로움이 가을들판을 여유롭게 거니는 듯 보인다."고 말했다.

조석구, 이선영, 성백원 등 세 사람의 이야기는 만인이 공감하는 '강한석의 인간과 작품세계'이다.

2. 강한석 시인의 작품세계

여섯 번의 개인전을 갖고 다수의 그룹전에 참여한 화가이기도 한 강한석은 천성이 시인이어서 언어로 그림을 그린다.

화가의 작업은 색으로 그의 생각을 표현한다. 이 시집에서 상징되는 '붉음'이 지니고 있는 이미지는 희열, 열정, 힘, 생명, 욕구, 분노, 탄생, 부활, 깨어남, 활력소 등의 복합적인 요소로 이루어진다. 미술은 이 복합적인 요소들을 색과 형상으로 표현해내는 작업이다. 강한석은 색깔로 표현할 수 없는 미술, 조형으로 표현할 수 없는 미술을 색깔 있는 언어, 조형 있는 언어로 표현한다.

강한석 시인이 오래 전 "날마다 만나는 일상을 사랑

으로 다시 본다. 주어진 모든 것에 대한 행복한 친화, 그 기쁨의 손을 내민다. 새로운 소망으로 맞이하는 빈 화폭에 꽃이 피어나는 기쁨과 이름 모를 아쉬움, 그 먼 길 앞에 선다."고 말했거니와 시 「붉은 지붕」은 그의 예혼이 그대로 나타난다.

붉은 지붕이 정직하게 서 있고
작은 마당에 목련 나무가
담장 넘어 어깨를 내리고 있다

봄이면 피었다가 겨울이면 쉬는 나무
진실하게 서 있다

따뜻한 바람. 검소한 햇볕이
반쯤 보이는 집안에 머물고 있다

맑은 빨래가 파아란 하늘로 숨을 쉬고
두레상에 수저는 건반 악기처럼 다정하다

작은 소리로 많은 얘기하는
색깔 모여 그림을 그리고 있다

붉은 지붕 바라보며
구름도 멈춰 섰다 간다

이제 교회를 가기 위해
새 옷을 갈아 입고
햇볕 가득한 문을 나설 것이다
 –「붉은 지붕」 전문.

"이제 교회를 가기 위해 / 새 옷을 갈아 입고 / 햇볕 가득한 문을" 나설 것이라는 강한석의 발길은 곳곳을 찾아간다.

12월의 밤에 눈이 내리고
전나무 트리에 불이 켜지면

꽃이 없어 적막한 계절에
홀로 따뜻한 눈빛으로 찾아온다

추워야 붉어지는 꽃
고난의 언덕마다 피어있다

순교자의 더운 피로
산은 낮아지고 골짜기는 메워지는데
가슴 가슴 마다 별이 뜨는 계절

낮은 곳으로 찾아오는 예수님은

저 거친 광야를 걸어오시는데
−「겨울 꽃」 부문.

또 하루가 지나고 / 별 빛은 찾아온다 // 셈하듯 하나 하나 빠져 나가면 / 그 빈자리 지키는 기도의 등불 // 맑고 빈 잔을 채워라 / 어둠이 적셔오는 밤을 맞으며 // 여기까지 왔구나 // 사랑도 미움도 한 가지로 피어나는 / 꽃밭 // 빈자리마다 쌓이는 언어로 / 혼자 드리는 예배 // 내 마음에 꿈 꾸듯 서 있는 / 작은 예배당
−「하루를 살며」 전문

새벽 종소리 따라갔던 / 할머니의 옷자락에서 푸른 새벽 냄새가 났다 // 다시 한 번 / 어린 영의 머리맡에 손을 모은다 // 척박한 땅에 거름이 부족하드라도 / 이른 비와 늦은 비가 조화롭게 하시고 / 따사로운 햇볕이 오래 가게 하소서 // 뜨거운 만남을 / 곳곳에 심어 주시고 // 여린 씨앗 위에 겨울새가 날지 못하게 하시며 / 가지에 가지가 열려 넉넉한 결실을 주소서 // (중략) 그때 할머니보다 더 주름질 손길로 / 내 어린 손자의 머리 위에 / 그 머언 새벽을 기억한다 // 이루어 진대로 더 이루어지게 하시고 / 맑은 등불은 / 풍요로운 기름으로 타오르게 하옵소서 // 금빛 햇살 찾아오는 서늘한 창가에 / 새들도 모여서 손을 모운다
−「아침 기도」 부문.

절절한 사연 담아 / 도고의 제물로 섰습니다 // 흰 옷 입고 제단에 서면 / 혼자 오롯한 촛불 // 가장 깨끗한 불이 되어 / 이 어둠 사르며 섰습니다 // 재를 머리에 얹고 / 겉옷을 찢습니다 / 한 사람 한 사람 손 잡아 주시고 // 맑고 고운 가슴으로 / 흐르는 감사의 노래 / 하늘로 이어지게 하옵소서 // 작은 신음 바라보며 / 함께 우시는 눈물 / 붉은 꽃을 피웁니다 // 온 회중 선한 눈동자 / 한 몸에 지고 / 무거운 길 아름다운 길 걸어 갑니다 // 이 작은 목숨에 / 감당케 하시는 / 말할 수 없는 탄식이여
– 「대표 기도」 전문.

깊은 밤을 헤치고 아침을 / 맞는 것은 기적이다 // 날마다 보는 하늘 / 새삼스레 다시 보면 // 하늘 너머 하늘 / 부르면 가야할 곳 찾는다
– 「아침을 맞으며」 부문.

외로워하는 자, 슬퍼하는 자 등 고난 받고 있는 사람들의 아픔을 치유하는 작품들이 경건하게 심금을 적신다.

3. 아름답고 따뜻한 강한석의 시세계

무릇 시인의 작품은 시를 쓴 본인의 심성과 내면을 진솔하게 스스로 말해준다. 시집 『붉은 지붕』에 수록된

작품들은 강한석 시인의 평소 따뜻하고 아름다운「사람의 냄새」가 배어 있다. 미술적이나 음악적, 종교적인 경지를 벗어난 사람 본연의 모습이다.

　나이를 먹는 세월의 순리, 옛날을 그리워하는 귀향의식이 사람들을 평안한 곳으로 이끌어준다.

　나이 들면
　가을비처럼 흐르는 눈물을
　아무도 모르게 흘릴 수 있다

　혼자 있어도 외롭지 않다
　바라보는 들풀
　찾아오는 별들
　모두 모두 친구가 된다

　함께 하던 친구가
　어느 날 갑자기 보이지 않아도
　어디로 갔는지 알고 있다

　나이 들면
　세상이 참으로
　참으로 세상이
　무정하다는 것도 알게 된다.
　－「나이 들면」 전문.

없으면 한 걸음도 옮기지 못하면서
벗어놓으면 잘 보지 않던 구두
문득 본다

뒤축이 한 쪽으로 닳아 있다

혼자 정의롭게 한 걸음 한 걸음 걸어왔는데
기울고 기운 모습으로 앉아있다

평지는 없었다
둥근 지구에 면 맞춰 살지 못해도
진솔한 모습은 낡고 다정하다

무거운 짐을 지고 가는 밤이나
가벼운 음계를 밟는 아침에도
말 없는 순종으로 함께 한다

선뜻 다른 신으로 갈아 신지 못하는
안온함으로
날마다 먼길을 간다
-「구두를 보며」 전문.

시외버스 터미널, / 다시보자 / 정 하나 떼어 놓고 간다 // 값싼 여관방의 겨울잠 / 추위에 갇힌 대합실의 얼룩들 / 두고 간다 // 늙은 친구의 손을 잡고 / 어쩌다 여기까지 왔느냐고 / 서로의 아픈 데를 물어보고 / 다시 만나자고 희미하게 웃는다 // 아름다웠던 시절 그 모습 찾아 / 사막길에 뜬 달을 바라본다 // 봄밤의 꿈은 무엇이었으며 / 가을날의 감사는 무엇이었던가 // 이쁜이도 금순이도 떠나가 버린 정류장에 / 우리 모두 잠시 머물다 간다 / 들었던 정 달래 두고 간다

– 「헤어지며」 전문.

젊었던 날 떠났던 자리 / 산동네 옛집 // 이제와 찾으니 작은 모습 그대로 앉아 있다 / 빛 바랜 세월 홀로 맞고 있다 // 눈물 많은 갈대가 / 바람을 맞이하던 곳 // 찾고 찾으려다 / 기진한 모습으로 돌아 오던 곳 // 가난한 겨울이 오면 / 스미는 적막을 문틈으로 막고 / 앞마당 수수장다리 꽃을 기다리던 곳 // 이제 / 모두 떠나고 모두 잠들었는데 // 그리움의 창가에서 / 유성처럼 흘러간 별 그림자를 바라본다 // 산다는 것 별 거 아니라고 / 바람처럼 모두 가는 거라고 // 꽃잎 하나 하나 떨어지는 / 무연한 산동네를 바라보며 / 이 가을을 보내고 있다

– 「옛집에서」 전문.

산은 바다를 바라보고

무학산 자락 자락
짙푸른 나무들은 이슬을 먹고
온 몸 푸른 소리로 종일 웃는 날

서원골 골짜기마다
진동하는 물빛 향기
빛나는 기쁨으로 흘러 내린다

마을 마을을 돌고 돌아
웃음꽃 눈물꽃 씻으며
큰 소리도 유순해지고
세상은 다 그런 거라고
앞치마처럼 담아간다

뒷문 실개천은
돌돌돌 먼 길을 걸어 바다로 간다
긴 얘기 이어 이어 간다

앞바다,
호수 같은 바다에 모여
하늘빛으로 빛나며 꿈을 꾼다
(중략)

산과 바다가 마주 보며
지구의 소리를 들으며
꿈을 도모하고 있다
사람들은 푸른 사과를 씹으며
정물이 되기 위해
자리를 찾아가고 있다

아득한 유년의
아기 진달래가 꽃피던
멀고 먼 고향

이제 세월을 헤며
흰 구름은 남쪽으로 흘러가고 있다
 –「고향」 부문.

　서글픈 추억도 세월이 가면 그리워진다. 고향을 떠나
있는 사람은 문득 문득 '향수'에 젖는다. 강한석 시인도
오래 전 이야기, 옛날에 떠나온 고향을 그리워하며 산
다. "이제 세월을 헤며 / 흰 구름은 남쪽으로 흘러가고
있다"는 시구는 그의 최근 심정이겠다.
　고향을 떠나 와 순례자처럼 오산에 살며 시인으로 화
가로 한국문단, 한국화단은 물론 지역 문화예술 발전을
위하여 헌신하고 있는 강한석 시인은 '붉은 지붕'아래에

서 아름다운 세상을 희구한다. 영혼의 양식, 詩를 이 세
상에 넓게 펼친다. 강한석 시인이 또 다시 '새 옷'으로
갈아 입고 '붉은 지붕'의 문을 나섰다.

강한석 展

Image 60,6X50,0, oil on canvas, 2014

思 162.2X130.3, oil on canvas, 2011

日月 90.9X65.1, oil on canvas, 2011

음악에1 60.6X50.0, oil on canvas, 2011